mary-kate olsen **ashley** olsen
Les jumelles s'en mêlent

BLANCHES COMME NEIGE?

Vous aimez les livres de la série

mary-kate olsen **ashley** olsen
Les jumelles s'en mêlent

**Écrivez-nous pour nous faire partager
votre enthousiasme :**

Pocket Jeunesse - 12 avenue d'Italie - 75013 Paris

mary-kate olsen **ashley** olsen
Les jumelles s'en mêlent

Blanches comme neige?

Une adaptation de Nancy Butcher

D'après la série télévisée créée
par Robert Griffard et Howard Adler

*Traduit de l'américain
par Christine Bouchareine*

POCKET
jeunesse

Titre original :
It's Snow Problem

Publié pour la première fois en 2001
par Harper Entertainment, États-Unis.

Loi n° 49-956 du 16 juillet 1949 sur les publications
destinées à la jeunesse : décembre 2005.

ISBN 2-266-14969-5

1

— Je n'arrive pas à me décider. Quel pull préfères-tu pour la fête de l'Hiver ?

Mary-Kate leva la tête. Ashley lui présentait d'une main un cardigan rose en angora, de l'autre un pull à col cheminée en cachemire noir.

Elle mit le cardigan devant elle, en prenant la pose comme un mannequin, puis fit de même avec le pull.

— Je suis ravissante en rose. Mais aussi en noir. Oh là là, quel dilemme !

Mary-Kate soupira et appuya sur la touche Enregistrer de son ordinateur portable.

— Ashley, je sais que ton problème est un vrai problème, mais moi, j'ai une réelle urgence. Toi, tu as encore douze jours pour te décider.

Elle devait rendre une dissertation le sur-lendemain, et n'en avait pas écrit le premier mot !

Ashley fronça les sourcils en découvrant le pantalon et le sweat-shirt des Chicago Bulls que portait sa sœur. Les couleurs n'allaient vraiment pas ensemble.

— On ne pense jamais assez tôt à sa tenue. Crois-en mon expérience… Au fait, tu as choisi l'épreuve à laquelle tu allais participer ?

Le moment le plus important de la fête de l'Hiver était la compétition entre l'institution de jeunes filles du Chêne blanc et Harrington, l'école de garçons voisine. À l'évocation de cette grande manifestation, Mary-Kate oublia son devoir de littérature.

— Le patinage, bien sûr ! Je n'ai jamais fait de ski de fond, c'est donc exclu. J'adore le ski alpin et le snowboard, mais je pré-fère encore le patin. Campbell est allée m'inscrire.

Campbell était sa camarade de chambre, à Porter House, le dortoir le plus sympa du Chêne blanc.

— Pourquoi tu ne le fais pas toi-même ?

— Parce que j'ai cette dissert à rendre lundi matin !

— Ah oui, sur la place de la guerre dans la littérature ! Je l'ai terminée hier soir.

— Malheureusement, je ne peux pas en dire autant.

Mary-Kate tapa une touche sur son clavier, ce qui fit disparaître l'écran de veille, et son devoir apparut.

La guerre de Troie,
d'après *l'Iliade* d'Homère,
par Mary-Kate Burke

Quatorze mots, pas un de plus.

Ashley s'approcha de l'écran.

— Hein, c'est tout ce que tu as écrit ? Tu veux que Mlle Bloomberg ait une attaque ?

— Non, j'ai bien l'intention de remplir cinq pages, quitte à y passer mes nuits, et à me passer de repas.

Ashley se laissa tomber avec nonchalance contre ses oreillers.

— Tu ferais mieux d'inventer une bonne excuse.

— Ah oui ? Et laquelle ?

— Euh… tu pourrais dire que tu as fait une allergie à… à ton nouveau shampooing à la pêche, et que tu as eu une crise d'urticaire si douloureuse que tu étais incapable d'écrire un seul mot.

Mary-Kate secoua la tête.

— La prof ne me croira jamais. Je l'ai croisée dans le couloir il y a moins d'une heure, elle a bien vu que j'étais en pleine forme. Non, tu vois, je dois m'y mettre.

— Tu t'en sortiras, je te fais confiance.

Ashley consulta sa montre et se leva d'un bond.

— Waouh ! Bientôt trois heures. La réunion du comité Esprit d'équipe commence dans cinq minutes.

— Hein ? De quoi tu parles ?

— D'Esprit d'équipe, le comité chargé d'assurer la promotion de la fête de l'Hiver ! Les épreuves sportives ne m'intéressent pas, j'ai donc pensé que ce serait une autre façon de participer à la manifestation.

Elle ramassa ses pulls et se dirigea vers la porte.

— À plus ! Je t'apporterai des nachos, si tu veux.

Mary-Kate lui fit un geste de la main en guise d'au revoir et fixa de nouveau l'écran de son ordinateur.

La guerre de Troie. La guerre de Troie.

Elle connaissait le sujet, là n'était pas la question. Elle avait juste un peu de mal à démarrer ce fichu devoir.

La porte s'ouvrit et Campbell entra, vêtue d'un pull des Minnesota Twins et d'un jean délavé. Elle alla s'asseoir devant son ordinateur personnel sans un regard pour son amie.

— Alors, c'est fait ? s'enquit Mary-Kate.

Campbell feuilleta distraitement quelques papiers.

— De quoi ?

— Tu devais m'inscrire à l'épreuve de patinage. Tu y as pensé, j'espère ?

— Euh…

Prise d'un horrible pressentiment, Mary-Kate pinça les lèvres.

— Campbell, que me caches-tu ?

— Voilà… l'équipe de patinage était déjà au complet. Je t'ai donc inscrite à l'épreuve de ski de fond, car l'équipe recherchait des athlètes confirmées, comme toi.

— Mais je n'en ai jamais fait ! Cours annuler ça tout de suite !

— C'est-à-dire que… c'est trop tard. En plus, je t'assure qu'on a besoin de toi.

Mary-Kate s'effondra. Si elle participait à cette épreuve, c'est sûr, elle se couvrirait de ridicule !

2

Dès son entrée dans la salle de classe, Ashley repéra son amie Wendy Linden et sa camarade de chambre, Phoebe Cahill, toutes deux assises au premier rang. Ce comité se présentait sous les meilleurs auspices. Elle alla s'installer à côté d'elles.

Mlle Bloomberg remonta ses lunettes sur son nez.

— Bienvenue. Nous allons commencer notre réunion sans plus attendre. Le comité Esprit d'équipe a pour objectif de promouvoir la fête de l'Hiver. Plus nous ferons de publicité, plus nous attirerons de monde.

— Comme dans les compétitions de ski et de snowboard? demanda Phoebe.

— Il y aura également des compétitions non sportives, précisa le professeur. En particulier, un concours de sculpture sur neige.

« De la sculpture sur neige ! Intéressant ! pensa Ashley. »

— Notre travail d'aujourd'hui consistera à définir la façon dont nous allons en assurer la promotion.

Ashley leva la main.

— Nous pourrions réaliser des affiches.

— Ce serait génial ! renchérit Wendy. Je ferais les dessins sur mon ordinateur.

Mlle Bloomberg nota aussitôt cette suggestion sur son bloc-notes.

— En effet, c'est par là qu'il faut commencer.

Au même moment, Dana Woletsky entra dans la classe, suivie de ses amies, Kristin et Summer.

« Oh non ! se dit Ashley. Pas cette peste ! »

Dana la persécutait sous prétexte qu'elle lui aurait piqué son petit ami, Ross Lambert.

— Asseyez-vous vite, mesdemoiselles, dit Mlle Bloomberg.

Dana obtempéra en jetant un regard assassin à Ashley.

— Nous parlions de la façon dont nous pourrions promouvoir la fête de l'Hiver et stimuler le moral de nos équipes, résuma Mlle Bloomberg. Ashley vient de proposer de réaliser des affiches. Auriez-vous d'autres suggestions ?

Wendy leva la main.

— Et si on organisait une manifestation de supporters ?

Dana chuchota quelques mots à l'oreille de Kristin. Les deux filles éclatèrent de rire.

— Excellente idée, Wendy, approuva le professeur.

— On pourrait aussi passer de vieux documentaires sur les jeux Olympiques d'hiver ! ajouta Phoebe en ajustant ses lunettes papillons sur son nez. (Phoebe était passionnée par le *vintage*. Elle était d'ailleurs vêtue ce jour-là d'une vieille robe en velours frappé qui avait tout d'une antiquité !) J'ai vu l'autre jour un extrait à la télé, les athlètes portaient des tenues rétro fantastiques.

Elle s'interrompit car on frappait à la porte. Trois garçons de Harrington apparurent sur le seuil.

Ashley se sentit fondre en reconnaissant son petit ami, Ross Lambert. Il était accompagné de Jeremy Burke, le cousin de Mary-Kate et d'Ashley, et d'Andrew Nunzio, l'un des affreux jumeaux que les deux sœurs fuyaient comme la peste.

— Des espions ! hurla Dana, les désignant d'un doigt parfaitement manucuré. Des espions envoyés par Harrington !

— Nous cherchons le bureau de la directrice ! protesta Ross. Notre directeur nous a chargés de lui porter une note sur la fête de l'Hiver.

Mlle Bloomberg les considéra d'un air méfiant.

— Son bureau se trouve dans le bâtiment administratif. Ici, vous êtes dans le bâtiment des Lettres.

— Merci !

Avant de repartir, Ross sourit à Ashley et lui fit un petit signe de la main. Elle lui répondit par un grand sourire. Elle vit alors

Jeremy mettre deux doigts dans sa bouche et faire semblant de vomir.

Son cousin ne changerait jamais !

— Mademoiselle Bloomberg, vous devriez rédiger un rapport sur cette incursion ! s'écria Dana dès qu'ils furent sortis. Je parie qu'ils venaient nous espionner !

— Pourquoi feraient-ils une chose pareille, Dana ?

Celle-ci rejeta ses cheveux dans son dos.

— Ça fait trois ans de suite que Harrington gagne le trophée de la fête de l'Hiver et ils sont prêts à tout pour le conserver. À tout ! répéta-t-elle d'un ton dramatique.

Mlle Bloomberg tapota son bloc avec son stylo.

— Vous exagérez ! Bon, récapitulons, mesdemoiselles. Nous avons des affiches, un défilé de supporters, des archives sur les Jeux d'hiver… Quoi d'autre encore ?

Tout le monde réfléchit. Soudain, Phoebe agita la main avec frénésie.

— Et si on créait des bonnets officiels ? Je les dessinerais et toutes les élèves du Chêne blanc les porteraient !

— L'idée est fantastique ! Mais avec quel argent les financerons-nous ? Notre comité dispose d'un budget très réduit.

— On pourrait organiser une vente de gâteaux ? proposa Ashley, qui adorait la pâtisserie.

Dana ricana.

— Très original !

Ashley secoua la tête. Cette enquiquineuse avait encore dû se lever du pied gauche !

— Une vente de gâteaux ? Hum… Pourquoi pas ? (Mlle Bloomberg relut ses notes et posa son stylo.) Comme nous aurons beaucoup à faire d'ici à l'ouverture de cette fête, vendredi dans quinze jours, il faudrait élire dès maintenant la présidente du comité Esprit d'équipe.

— Je vote pour Ashley Burke ! s'écria aussitôt Phoebe.

Ashley sourit, flattée.

— Je vote pour Dana Woletsky ! cria Kristin.

Le sourire d'Ashley s'effaça. Elle n'avait aucune envie que l'élection tourne à la compétition entre elles deux.

— Nous avons donc deux candidates, déclara Mlle Bloomberg. Il faut voter. Qui est pour Ashley?

Phoebe et Wendy levèrent la main.

— Qui est pour Dana?

Kristin et Dana levèrent la main. Dana fixa Summer d'un air sévère, et celle-ci, aussitôt, leva la main à son tour.

— Dana, vous ne pouvez pas voter pour vous-même, protesta Mlle Bloomberg. Nous sommes donc à deux contre deux. Égalité. Ashley et Dana, vous allez devoir partager la présidence.

Ashley n'en avait aucune envie. Dana lui décocha un petit sourire satisfait qui n'augurait rien de bon.

3

On était samedi soir. Mary-Kate et Ashley grignotaient des nachos dans le salon de Porter House.

— Je déteste la fête de l'Hiver, gémit Ashley.

— Et moi donc ! soupira Mary-Kate.

— Quoi ! Toi aussi ? Depuis quand ?

— Depuis que Campbell m'a inscrite à la compétition de ski de fond !

— Qu'est-ce que tu dirais si tu devais partager la présidence d'un comité avec Dana Woletsky ! Elle ne retient que ses propres idées et veut prendre seule toutes les décisions !

Mary-Kate gloussa.

— Dire que c'était ta grande amie !

— C'est de l'histoire ancienne, marmonna Ashley. Tiens, à propos, où en est ton devoir sur la guerre de Troie ?

Mary-Kate sourit.

— Je tiens le bon bout. Plus qu'une page à rédiger.

— Bravo !

Les deux sœurs se tapèrent dans la main.

Mary-Kate allait croquer un nacho lorsqu'elle vit Campbell passer la tête dans l'embrasure de la porte et lui lancer un petit sourire piteux.

— Tu m'en veux toujours ?

Mary-Kate se maîtrisa.

— Non, mais tu as intérêt à me sortir de ce pétrin !

Campbell se laissa tomber sur le canapé à côté d'elle.

— Mary-Kate, je te l'ai déjà dit, c'est trop tard. Et toute l'équipe compte sur toi. Tu dramatises, je t'assure.

— Comment ça ?

Campbell croisa les bras.

— D'accord, tu n'as jamais fait de ski de fond. Mais c'est fastoche ! Je peux t'apprendre en une ou deux leçons seulement.

— Ça m'étonnerait.

— Campbell n'a peut-être pas tort, intervint Ashley.

Mary-Kate la fusilla du regard.

— Dis donc, tu es ma jumelle ! Tu devrais être de mon côté !

— Bien sûr que je suis de ton côté, Mary-Kate ! Campbell voulait juste dire que tu étais une athlète ! Une guerrière !

Une guerrière ! Ce terme plaisait bien à Mary-Kate.

— Si tu le dis…

— Les guerrières ne reculent pas devant les défis, continua Ashley. Surtout quand on a besoin d'elles.

Mary-Kate se redressa.

— C'est vrai !

— Et nous avons besoin de toi, Mary-Kate ! insista Campbell. L'équipe de ski de fond et le Chêne blanc comptent sur toi !

Mary-Kate capitula.

— Bon, tu as gagné.

Campbell leva le poing en signe de victoire.

— Super! Que dirais-tu de lundi matin, avant le petit déjeuner, pour ta première leçon? Il y aura plein de neige fraîche!

— À une condition, que j'aie terminé mon devoir!

Mary-Kate vit alors entrer Phoebe et Wendy. Ashley leur fit signe de venir les rejoindre.

— J'ai déjà travaillé sur mon idée, annonça Phoebe. On pourrait faire baisser le prix de revient en achetant en gros de simples bonnets en polaire qu'on personnaliserait avec des transferts. Qu'en pensez-vous, mademoiselle la présidente?

— Mademoiselle la coprésidente! la corrigea Ashley. Ton idée me plaît, mais il faudra demander l'avis de l'autre coprésidente.

— Tu crois qu'elle sera contre?

— Et si on l'enfermait dans un placard pendant douze jours? plaisanta Wendy.

— Ou si on lui disait que la fête de l'Hiver se déroule à l'autre bout du pays ? ajouta Mary-Kate.

Les cinq filles s'esclaffèrent.

— À qui voulez-vous dire ça ? demanda une voix cinglante.

Mary-Kate leva la tête.

Oh, oh !

Dana se tenait sur le seuil du salon, les mains sur les hanches, accompagnée de Kristin.

— Euh… personne, Dana, répondit Ashley. On cherchait juste des idées pour la fête de l'Hiver.

Dana leva les yeux au ciel.

— Encore des plans nuls, j'imagine ! Écoute, Ashley. En tant que véritable présidente du comité, je dois te prévenir que je me suis sentie obligée d'orienter notre campagne de pub dans une tout autre direction.

— Hein ? Qu'est-ce que tu racontes ?

— Tu verras ! répondit Dana d'un ton énigmatique.

Elle se tourna vers Kristin.

— Viens, il n'y a rien d'intéressant à voir ici. On va dans ma chambre, se faire les ongles des orteils. J'ai du Pailleté Mordoré.

— Qu'est-ce qu'elle raconte ? répéta Ashley, intriguée.

— Je crois qu'il s'agit d'un nouveau vernis, dit Wendy.

— Je ne parle pas de ça, mais de la campagne !

Mary-Kate haussa les épaules.

— Ne t'en fais pas, Ashley. Elle voulait juste frimer, comme d'hab !

— Je l'espère.

Le lundi matin, il faisait un froid polaire et Mary-Kate suivait Campbell sur de longs skis étroits, en claquant des dents.

— On ne p-pourrait p-pas rent-trer ?

Elle ne rêvait que d'une chose : être installée au chaud dans la salle à manger, devant un copieux petit déjeuner composé de porridge fumant, de bacon et d'œufs brouillés.

— On commence à peine ! rétorqua Campbell. Bon, Mary-Kate, je vais t'apprendre le virage Telemark. Regarde-moi bien.

Campbell planta ses bâtons dans le sol et prit de l'élan. Puis elle fléchit un genou et tourna sur la droite, dans un grand nuage de poudreuse. Elle s'arrêta et se tourna vers Mary-Kate.

— À ton tour !

— Quoi ? Tu veux que je fasse ça ?

— Oui. Tu verras, c'est facile.

Ce n'était pas évident, même pour une grande sportive comme Mary-Kate. Elle tomba une ou deux fois. Mais après seulement une douzaine de tentatives, elle avait saisi le mouvement.

En fait, une heure plus tard, elle commençait même à s'amuser. Elle aimait bien progresser sur la neige à la seule force de ses bras et de ses jambes. C'était un compromis entre le patinage, qu'elle aimait tant, et le ski.

— Tu t'en sors comme un chef ! lui cria Campbell alors qu'elles descendaient une petite pente.

Mary-Kate exécuta un virage Telemark parfait.

— Je suis une pro !

— Tu es une pro !

— Je suis une guerrière !

— Tu es une guerrière !

Mary-Kate s'aperçut qu'elle fonçait dans un arbre.

— Je suis fichue !

Elle planta ses bâtons dans la neige, s'arc-bouta de toutes ses forces, stoppa net et bascula la tête la première dans un tas de poudreuse.

Elle entendit Campbell glousser derrière elle. Elle essuya la neige qui lui couvrait le visage.

— Tu ne m'as pas dit comment éviter les arbres !

Campbell lui tendit la main et l'aida à se relever.

— J'allais le faire.

D'un revers de la main, Mary-Kate fit tomber la neige de ses vêtements. Il était grand temps qu'elle aille boire quelque chose de chaud.

— Et si on arrêtait là pour aujourd'hui ? Je suis…

Elle s'interrompit en entendant des voix derrière elle.

À une trentaine de mètres, trois garçons de Harrington faisaient du ski de fond : Ross Lambert, un certain Skip qui était en cours de biologie avec elle, et un blond qu'elle n'avait jamais vu. Ils chantaient à tue-tête une chanson qui ressemblait à une marche militaire. Et ils avançaient très, très vite.

Elle fit volte-face vers Campbell.

— J'ai changé d'avis. On continue !

4

Ashley serra ses livres contre sa poitrine et courut vers la salle de littérature. Elle bouillonnait d'idées pour le comité de promotion... et ce n'était que le début !

Avec ou sans Dana, elle était décidée à être la coprésidente la plus efficace qu'on ait jamais vue !

Elle aperçut soudain un attroupement devant une vitrine, dans le hall. Elle s'approcha.

— Que se passe-t-il ? demanda-t-elle à Wendy et Phoebe qui se trouvaient là.

Phoebe tendit le doigt vers la vitrine. Le trophée que le Chêne blanc avait remporté quatre ans auparavant avait été remplacé par un écureuil en peluche. Certes, l'écureuil était la mascotte du Chêne blanc, comme le bélier était celle de Harrington, mais cet écureuil-ci avait triste mine avec son pelage râpé et sa patte dans le plâtre !

— Oh, c'est pas vrai !

Phoebe se tourna vers Wendy.

— Qui a pu nous jouer un tour pareil ?

— Je ne sais pas. Mais avoue que c'est drôle !

— C'est un coup de Harrington ! cria alors Dana d'une voix suraiguë. J'en suis sûre ! Ils veulent la guerre, ils l'auront !

— Oui ! crièrent deux ou trois filles, le poing brandi.

— La guerre ?

Ashley dévisagea Dana. N'était-ce pas un peu exagéré ?

— Nous devons nous mobiliser ! continua Dana.

D'autres poings vengeurs se levèrent. Dana partit à grands pas, suivie par quelques filles. On aurait dit qu'elles montaient à l'assaut...

Surprise, Ashley écarquilla les yeux. Pourquoi Dana dramatisait-elle la situation ? Et où était donc passé le trophée du Chêne blanc ?

— Tout le monde a terminé son devoir sur la guerre de Troie ? demanda Mlle Bloomberg.

Ashley jeta à Mary-Kate un regard interrogateur. Celle-ci, tout sourires, sortit sa copie de son sac.

— Bravo, sœurette ! articula Ashley en silence.

— Nous allons en lire quelques-uns à voix haute, continua leur professeur.

Des grognements désapprobateurs s'élevèrent dans la classe. Mlle Bloomberg remonta ses lunettes sur son nez et scruta ses élèves d'un œil sévère. Aussitôt, toutes se tassèrent sur leur siège.

Ashley aussi. L'astuce, pour ne pas se faire remarquer, c'était de prendre un air décontracté.

Les yeux de Mlle Bloomberg s'arrêtèrent sur elle… et glissèrent vers sa sœur.

29

— Mary-Kate Burke, nous vous écoutons. Venez sur l'estrade.

Ashley poussa un soupir de soulagement et lança un sourire compatissant à sa jumelle. Cette dernière haussa les épaules d'un air dégagé, se dirigea vers le tableau et s'éclaircit la voix.

— La guerre de Troie, d'après *l'Iliade* d'Homère. Tout commença par une histoire d'amour. Pâris, le fils du roi Priam et de la reine Hécube de Troie, tomba amoureux de la belle Hélène de Sparte, qui, elle aussi, succomba à son charme. Hélas, elle était déjà mariée au roi de Grèce, Ménélas. Profitant de son absence, elle s'enfuit à Troie avec Pâris. Lorsque Ménélas l'apprit, il décida de partir en guerre contre les Troyens.

— Quel nul! marmonna une élève.

Un gloussement lui répondit.

Ashley, prise d'un fou rire, plaqua une main sur sa bouche.

— Euh... la guerre durait depuis dix ans, reprit Mary-Kate, et les Grecs n'arrivaient

toujours pas à entrer dans Troie. Ils construi-
sirent alors un énorme cheval en bois, le
tirèrent devant les portes de la ville et disparurent. Les Troyens crurent que les Grecs
avaient abandonné le siège et qu'ils leur
laissaient ce cheval en cadeau.

« Ils firent donc entrer le cheval, à l'intérieur duquel se cachaient des soldats grecs.
Ces derniers attendirent que les habitants
s'endorment pour sortir. Puis ils massa-
crèrent le roi ainsi que de nombreux Troyens
et, enfin, ils mirent le feu à la ville. C'est
ainsi que les Grecs gagnèrent…

Quand elle eut terminé, Mary-Kate releva
la tête et vit que Mlle Bloomberg la regardait
sans cacher sa satisfaction.

— Parfait, Mary-Kate! Excellent devoir!
Bon, maintenant, à qui le tour?

Pendant que Fiona Ferris lisait sa dissertation, Ashley entendit Dana qui chuchotait
à l'oreille de Kristin:

— Cette guerre de Troie m'a donné une
idée. Je sais comment nous venger des
garçons.

Ashley fronça les sourcils. Dana aurait-elle perdu la tête? Avait-elle l'intention de construire un énorme cheval en bois pour entrer dans Harrington?

5

— Attention, Mary-Kate, ça va être à toi !

Mary-Kate s'arc-bouta tandis que Campbell sortait du bois, penchée sur ses skis. Dès qu'elle parvint à sa hauteur, Mary-Kate fonça à son tour.

C'était le lundi après-midi, après les cours, et l'équipe de relais de ski de fond s'entraînait pour la première fois. Campbell était la troisième et Ashley la quatrième, le maillon le plus important.

Mary-Kate s'enfonça dans la forêt en récapitulant mentalement ce que Campbell lui avait appris la veille. *Glisser, planter le bâton, glisser. Garder les genoux fléchis et souples. Et faire attention aux arbres !*

Elle avançait en soulevant de petits nuages de poudreuse et s'aperçut soudain qu'elle s'amusait comme une folle.

Ses coéquipières et les filles des autres équipes l'acclamèrent quand elles la virent approcher de la ligne d'arrivée.

Mary-Kate exécuta un virage Telemark parfait et s'arrêta dans un geyser de neige.

Admirative, Campbell lui donna une grande tape dans le dos.

— Bravo, Mary-Kate !

— Merci, haleta celle-ci, hors d'haleine.

— Tu as le sport dans le sang, la félicita Lexy Martin. Tu ne voudrais pas entrer dans l'équipe de descente ? On serait ravies de t'avoir !

— Merci, ça me plairait beaucoup. Mais il vaut mieux que je me concentre sur le ski de fond.

— Tu devrais quand même y réfléchir.

Lexy partit vers la piste de descente. Mary-Kate s'apprêtait à parler à Campbell lorsque Fiona Ferris s'approcha d'elle, une planche de surf des neiges sous le bras.

— Tu as vraiment assuré. Ça ne te plairait pas de rejoindre notre équipe de snowboard ?

« Super ! Tout le monde semble avoir besoin de moi, aujourd'hui ! » songea Mary-Kate en souriant à Fiona.

— Tu sais, je suis déjà dans l'équipe de ski de fond. Et je ne voudrais pas trop en faire.

— Bien sûr. N'hésite pas à nous faire signe si tu changes d'avis.

— Waouh ! Quel succès ! s'exclama Campbell tandis que Fiona rejoignait ses amies.

Mary-Kate se sentait flattée. Elle avait souvent été la vedette au softball et au basket, mais elle ne s'était jamais fait remarquer dans les sports de glisse. Hier encore, elle-même ne se savait pas si douée !

Ce fut au tour de Lisa Dunmead de l'aborder.

— Salut, Mary-Kate. Écoute, il paraît que tu voulais faire partie de l'équipe de patinage et nous venons d'avoir un désistement. Charlotte Atherton s'est foulé la cheville et a dû abandonner.

— C'est sympa ! Enfin… euh… pas pour Charlotte, bien sûr, se reprit Mary-Kate.

— Alors ? Ça t'intéresse ?

Mary-Kate hésita. Elle adorait le patinage, mais maintenant qu'elle était dans l'équipe de ski de fond, elle ne voulait pas laisser tomber.

— Non, je préfère concentrer mes efforts sur le ski de fond.

— O.K., préviens-moi si tu changes d'avis.

Campbell retira ses gants et souffla sur ses mains gelées.

— Bouh ! Je vais pleurer. Personne ne me propose d'entrer dans son équipe.

— Que veux-tu, tu n'es pas une athlète de haut niveau ! la taquina Mary-Kate.

— Je te remercie ! répondit Campbell d'un ton pincé.

— Oh, Campbell, je plaisantais ! Sans toi, je n'aurais jamais su faire du ski de fond !

— J'espère que tu ne l'oublieras pas !

— Jamais ! Je te promets de parler de toi quand je remporterai ma première médaille olympique : « Je voudrais remercier tous ceux qui m'ont aidée et en particulier mon entraîneur personnel en cinquième, Campbell Smith… »

Campbell éclata de rire et lui donna une tape avec ses gants. Mary-Kate prit une poignée de neige et la glissa dans la parka de son amie.

— D'accord ! On arrête, on arrête ! D'ailleurs, l'entraînement est terminé pour aujourd'hui. Je dois retourner au dortoir. Tu viens ?

— Non, je continue encore un peu.

Campbell s'éloigna. Mary-Kate regarda le ciel gris bleu. Le jour baissait. Encore une petite demi-heure et elle irait boire un bon chocolat chaud.

Au même moment, un skieur pila net devant elle et l'arrosa d'un énorme nuage de neige.

— Non, mais ça va pas ! hurla-t-elle.

Elle s'essuya le visage avec le dos de sa moufle et cligna des yeux. C'était un garçon. Un garçon très mignon. Grand, musclé, des cheveux blonds comme les blés, d'immenses yeux bleus et une mâchoire carrée à la Brad Pitt.

— Euh… salut! réussit-elle à dire quand elle retrouva sa langue. (Puis elle se souvint qu'il l'avait aspergée.) Tu pourrais t'excuser!

— Pourquoi? demanda-t-il d'un ton irrité.

— Pour m'avoir jeté de la neige à la figure.

— Tu n'avais qu'à ne pas rester au beau milieu de la piste. Je travaille mon planté de bâton. Je fais partie de l'équipe de ski de fond de Harrington.

Mary-Kate remarqua qu'il ne s'était toujours pas excusé.

— Oh, tu vas à Harrington? Tu es nouveau? Comment t'appelles-tu?

Il rejeta la tête en arrière, ce qui le décoiffa. Il était encore plus mignon comme ça.

— Hans Jensen, je suis arrivé la semaine dernière.

Mary-Kate se présenta à son tour.

— Et tu fais partie de l'équipe de ski de fond?

— Je fais partie de toutes les équipes!

Mary-Kate crut avoir mal compris.

— Toutes?

Il la contempla des pieds à la tête comme si elle était un insecte nuisible.

— Je suis le meilleur skieur de descente, le meilleur skieur de fond, le meilleur surfeur et le meilleur patineur de Harrington, donc je fais partie des quatre équipes! Et je suis bien décidé à mener Harrington droit à la victoire.

Mary-Kate se retint d'éclater de rire. Ce n'était pas la modestie qui l'étouffait!

Il lui sourit.

— Et toi? Je suppose que tu n'appartiens à aucune équipe du Hêtre blanc?

Il commençait à l'énerver!

— Le Chêne blanc! le corrigea-t-elle, vexée. En fait, moi aussi, je fais partie des quatre équipes!

Horrifiée, elle plaqua une main sur sa bouche. Que venait-elle de dire?

Hans la dévisagea d'un air surpris.

— Les quatre? Je ne l'aurais jamais cru!

— Pourquoi? Tu n'es pas le seul super athlète du coin! On se reverra le jour de la

compétition... et moi aussi, je suis décidée
à mener le Chêne blanc à la victoire !

— C'est pas gagné !

Mary-Kate partit en plantant avec rage
ses bâtons dans la neige. Hans l'avait horri-
pilée. Elle lui montrerait qui était le meilleur
des deux. Il verrait...

Oh non ! Qu'avait-elle fait ? Elle lui avait
dit qu'elle était dans les quatre équipes !

Cela signifiait qu'elle n'avait plus le
choix : elle devait accepter les propositions
de Lexy, de Fiona et de Lisa.

Cela signifiait aussi qu'elle ne dormirait
plus d'ici à la compétition, car elle devrait
s'entraîner, s'entraîner et encore s'entraîner !

Mais on peut très bien se passer de sommeil, non ?

6

— Je voudrais que celle qui a pris le trophée de la fête de l'Hiver se dénonce sur-le-champ! ordonna Mme Prichard, à la réunion des élèves, le mardi matin.

Mary-Kate bâilla pour la centième fois au moins.

« Pourquoi est-elle si fatiguée? » se demanda Ashley.

— Je sais qu'il est de tradition de faire des farces pendant la fête de l'Hiver, mais voler le trophée, cela dépasse les bornes!

Ashley vit alors Dana, qui était assise un peu plus loin, lever la main.

— Oui, Dana?

— Pourquoi nous accusez-vous ? Il est évident que seul un élève de Harrington a pu faire ça !

— Nous avons envisagé cette éventualité avec le directeur de Harrington. À cette minute, il tient d'ailleurs le même discours à ses élèves. Bref, quel que soit le responsable, je veux récupérer ce trophée. J'espère avoir été claire.

— Oui, madame Prichard ! répondirent toutes les filles à l'unisson.

— Merci de votre attention. (Mme Prichard scruta ses notes.) Aujourd'hui, le parfum du porridge sera… banane aux noix de pécan.

L'annonce du parfum du porridge indiquait toujours la fin de la réunion. Les élèves se levèrent d'un bond.

Ashley retrouva Phoebe au réfectoire ; elles se servirent un bol de porridge et se dirigèrent vers la table de Dana.

Celle-ci déjeunait en compagnie de Kristin et de Summer. Elle leva les yeux en les voyant arriver et leur fit signe de s'asseoir.

42

— À quoi devons-nous ce plaisir ? demanda-t-elle d'une voix mielleuse.

— Phoebe a des croquis à nous montrer et je voudrais qu'on discute des idées d'affiches de Wendy. Il faudrait aussi fixer les dates du défilé et de la vente de gâteaux.

Phoebe sortit des dessins de son sac et les étala sur la table.

— Mon mot d'ordre sera « simplicité », car nous n'avons pas beaucoup de temps et nous ignorons combien d'argent nous récolterons à la vente de gâteaux. J'ai repéré des bonnets de ski très chouettes au centre commercial. On pourrait en acheter pour toutes les élèves. J'ai aussi réalisé un logo et j'aimerais savoir ce que vous en pensez.

Ashley regarda le projet par-dessus l'épaule de Phoebe. On y voyait un bonnet de ski vert, très sobre. À côté, son amie avait dessiné un petit écureuil qui portait des cache-oreilles, une écharpe et des patins à glace.

— Il est adorable ! s'extasia Ashley.

— On pourrait scanner ce dessin sur ordinateur et le reproduire sur du tissu thermocollant, expliqua Phoebe.

Dana leva les yeux au ciel sans dire un mot. Ashley et Phoebe échangèrent un regard las. Qu'allait-elle encore bien pouvoir inventer ?

Ashley plongea la main dans son sac à dos et en sortit les croquis de Wendy.

— Qu'en penses-tu, Dana ? Wendy nous propose six affiches : « Vive le Chêne blanc ! », « Le Chêne blanc vous invite à la fête de l'Hiver ! » avec ce drôle de bonhomme de neige, et...

Dana secoua la tête.

— Non, non, non, les filles ! Vous n'y êtes pas du tout !

— Quoi ? dirent Ashley et Phoebe d'une seule voix.

— La campagne d'Esprit d'équipe doit être entièrement basée sur la guerre de Troie. Oubliez les bonnets de ski et les bonshommes de neige. Pensez plutôt trahison ! Bataille ! Sang !

44

Dana abattit son poing sur la table, ce qui fit sursauter les quatre filles.

— C'est la guerre, entre le Chêne blanc et Harrington! Ils nous ont vaincues trois ans d'affilée et se sont glissés chez nous la nuit pour nous voler notre trophée. Nous devons réagir!

— Oui! cria Kristin en donnant à son tour un grand coup sur la table.

— Je veux des affiches percutantes, agressives même, continua Dana. Et ces bonnets sont trop gnangnan. Il me faut un motif guerrier!

Ashley dévisagea Dana.

— Tu plaisantes, j'espère? La campagne Esprit d'équipe doit être optimiste et positive. Toi, ce que tu proposes, c'est très négatif.

— Je me fiche de ton avis, Burke! rétorqua Dana.

— Tu es obligée d'en tenir compte, insista Ashley. Nous sommes coprésidentes.

— Non, c'est moi qui commande! décréta Dana.

Quand les jumelles prirent la navette pour aller en cours d'histoire à Harrington, Ashley était toujours dans une colère noire.

— Comment ça, c'est elle qui commande ? s'étonna Mary-Kate.

— Non, elle bluffe. Nous ne sommes d'accord sur rien.

— Si tu veux mon avis, ça ressemble plus à Dana contre Ashley que le Chêne blanc contre Harrington.

Le bus roula sur une bosse.

— Aïe ! s'écria Mary-Kate.

— Qu'est-ce qui te prend ?

— Je me suis levée à cinq heures du matin pour m'entraîner au ski de fond, à la descente, au snowboard et au patin. J'ai mal partout, même au cerveau !

— Mais pourquoi t'es-tu inscrite dans les quatre disciplines ? Tu es folle !

— C'est une longue histoire… et ne t'inquiète pas, je survivrai. Je suis une guerrière !

Ashley secoua la tête. Sa sœur avait perdu l'esprit !

Le bus entra dans Harrington. L'école des garçons, comme le Chêne blanc, était

entourée d'un parc et se composait de plusieurs bâtiments recouverts de lierre.

— Tout le monde semble croire que notre
trophée a été volé par un élève d'ici, reprit
Ashley. C'est vrai que ces blagues font partie de la tradition. Harrington joue un tour
au Chêne blanc, qui se venge, et ainsi de
suite…

— Euh… tu veux dire que nous devons
riposter ?

Ashley ouvrait la bouche pour répondre
lorsque son regard tomba sur le panneau à
l'entrée de l'école.

— J'ai comme l'impression que c'est déjà
fait !

Le panneau « Bienvenue à Harrington
chez les Béliers Vainqueurs » avait été corrigé
en rouge :

Bienvenue à Harrington
chez les Ratons Losers[1]

Et, tout en bas, dans l'angle droit, était
dessiné un affreux petit rat !

1. En anglais : perdants.

7

— La guerre des Deux-Roses a marqué un épisode important dans l'histoire de l'Angleterre…

M. Yoshida se retourna vers le tableau et inscrivit plusieurs dates.

Un avion en papier passa sous le nez de Mary-Kate, qui faillit en lâcher son stylo.

Elle regarda autour d'elle pour découvrir qui pouvait l'avoir envoyé.

Elle aperçut les jumeaux Nunzio qui parlaient à voix basse en se tordant de rire et, juste derrière eux, Hans Jensen, son nouvel ennemi juré. Il écoutait le cours avec attention et prenait une foule de notes, avec un superbe et coûteux stylo en argent.

Elle se demanda si c'était lui qui avait envoyé l'avion, puis se dit que ce n'était pas son style.

Elle surprit alors son cousin Jeremy qui ricanait à deux rangées d'elle.

Elle lui fit une grimace et articula en silence : « Arrête ! » Puis elle ramassa l'avion et le déchira en mille morceaux, avec de grands gestes brusques.

— Mary-Kate Burke, puis-je savoir ce que vous faites ?

Elle sursauta. Le professeur la toisait, les bras croisés. Elle reposa avec précipitation ses mains sur ses genoux.

— Oh, pardon, c'est juste un réflexe nerveux. Excusez-moi.

M. Yoshida se remit à écrire.

— Et pas de chewing-gum en classe, mademoiselle Smith, dit-il sans même regarder Campbell.

Mary-Kate vit son amie extraire de sa bouche une énorme boule violette.

Le professeur continua son cours. Mary-Kate essayait de suivre, mais ses muscles la faisaient terriblement souffrir. De plus, elle était préoccupée par les entraînements qui l'attendaient après les cours. Elle prit son stylo et écrivit sur son cahier :

1455 - la guerre des Deux-Roses

14.45 - ski de fond

15.30 - descente

16.15 - snowboard

17.00 - patin

17.45 - malaise et décès !!!

Mary-Kate secoua la tête et soupira. « Je survivrai ! Je suis une guerrière ! » Ses yeux tombèrent alors sur Hans et elle sentit sa détermination se renforcer.

Dès que le cours fut terminé, Ashley se précipita vers elle et l'attrapa par le bras.

— Ouille ! Fais attention ! protesta Mary-Kate. J'ai très mal au coude !

— Quelle chochotte ! J'ai réfléchi pour le trophée. Je crois que c'est Jeremy qui l'a piqué.

— Hein ? Pourquoi aurait-il fait une chose aussi stupide ?

— Il n'arrête pas de nous jouer des tours foireux. En plus, il ne m'a pas quittée des yeux de tout le cours, comme s'il cachait un truc.

— Nous devons en avoir le cœur net.

— Salut, mesdemoiselles ! Belle matinée, n'est-ce pas ! leur lança Jeremy quand il les vit approcher.

— Jeremy, saurais-tu ce qu'est devenu le trophée ? demanda Mary-Kate.

— Le trophée ? Quel trophée ?

— Le trophée de la fête de l'Hiver.

— Oh, celui-là ! beugla-t-il. Fallait le dire ! Bien sûr que je sais… pas où il est !

— C'est peut-être un écureuil qui l'a emporté ! enchaîna Arthur Nunzio qui passait à cet instant, accompagné de son frère jumeau.

Andrew éclata de rire, bientôt imité par d'autres garçons.

— Quelle bande de nuls ! marmonna Ashley.

Mary-Kate avisa soudain Hans Jensen qui sortait de la classe, le nez dans son livre d'histoire. Elle l'aborda d'un air détaché.

— Salut, Hans. Tes entraînements, ça va ?

Il leva la tête et lui décocha un sourire condescendant.

— Très bien. J'ai fait la piste des Pins en huit minutes pile !

— Ah bon ? Et moi en sept minutes quarante-cinq secondes !

Bon, d'accord, elle avait mis au moins une minute de plus, mais il n'avait pas besoin de le savoir.

— Sept minutes quarante-cinq ! répéta-t-il, abasourdi.

Elle hocha la tête.

— Oh, je vais être en retard, s'écria-t-il en partant avec précipitation.

Mary-Kate se frotta les mains.

« Je t'aurai, Hans Jensen ! »

— Vivement que les pizzas arrivent ! gémit Mary-Kate.

Elle était assise dans le salon des élèves avec Ashley, Wendy et Phoebe. Elle avait supporté avec vaillance ses heures d'entraînement pour s'effondrer à 17 h 45, comme prévu.

Tous les mardis soir, Mme Prichard faisait livrer des pizzas dans chaque dortoir. Des nombreuses traditions du Chêne blanc, c'était celle que Mary-Kate préférait.

Ashley, elle, n'avait pas faim. Elle n'arrêtait pas de penser à Jeremy et au trophée.

— Je suis sûre que c'est Jeremy le coupable, marmonna-t-elle.

Wendy secoua la tête.

— J'ai du mal à croire qu'il soit votre cousin. Il a dû subir une mutation génétique ou un truc du genre.

— Et les jumeaux Nunzio ? Vous ne trouvez pas leur attitude bizarre ?

— Les pauvres, soupira Phoebe d'un ton faussement apitoyé. Ils sont nés comme ça.

Les quatre filles parlèrent ensuite de l'incident du panneau.

— Je parie que c'est un coup de Dana et de ses amies, décréta Ashley. Je l'ai bien observée et elle n'avait pas l'air étonnée en le voyant !

— Nous voilà donc à égalité avec Harrington, un à un, conclut Mary-Kate. Et c'est à eux de jouer. Je me demande ce qu'ils nous réservent pour la suite.

Au même moment, le livreur de pizzas entra, une pile de cartons sur les bras.

Mary-Kate courut prendre une boîte pour ses amies et elle. Elle s'assit en tailleur sur le tapis et l'ouvrit.

— Hum! On va se réga… oh… qu'est-ce que c'est que ça?

En guise de rondelles de saucisses et de morceaux de poivrons, la pizza était couverte de… glands!

8

— Des glands !

Ashley n'en croyait pas ses yeux.

Des glands ! Comme sur les chênes ! Le Chêne blanc !

— Harrington ! s'exclama Ashley. C'est un coup des garçons !

La panique régnait dans le salon. Toutes les pizzas étaient couvertes de glands.

Ashley se leva d'un bond et courut vers le hall, espérant rattraper le livreur. Trop tard ! Il avait déjà disparu.

— Harrington, deux, le Chêne blanc, un, lui annonça Wendy quand elle revint.

— Je me demande ce que Dana et ses amies vont inventer pour se venger, soupira-t-elle.

Phoebe déclara :

— Les filles, montrons-nous raisonnables et ne nous laissons pas entraîner dans ce délire. Le comité doit se concentrer sur sa tâche. Quant à celles qui participent aux épreuves sportives, elles ne doivent penser qu'à leur entraînement.

Ashley l'approuva, très impressionnée.

— Tu as raison, Phoebe. Heureusement que tu es là.

— Et commençons par le plus urgent ! enchaîna Mary-Kate en montrant la pizza. Débarrassons-nous de ces glands et mangeons !

On était mercredi après-midi, juste après les cours. Ashley, Wendy et Phoebe s'étaient levées aux aurores afin de finir les maquettes des affiches. À présent, elles les accrochaient dans le hall principal.

— Que pensez-vous de celle-ci ? demanda

Ashley en sortant une affiche sur laquelle on pouvait lire :

> L'INSTITUT DE JEUNES FILLES
> DU CHÊNE BLANC
> VOUS INVITE
> À LA FÊTE DE L'HIVER !

— Je suis contente qu'on ait choisi le dessin de l'écureuil pour les bonnets et les affiches, poursuivit-elle. Il est trop mignon avec sa tenue de ski.

— Oui, l'approuva Wendy. Et qu'en pense ta coprésidente ?

Ashley haussa les épaules.

— Je ne sais pas. Je lui ai envoyé un mail, hier soir, pour l'avertir qu'on afficherait ce matin nos premiers modèles dans le hall, et connaître son avis. Mais elle n'a pas daigné me répondre.

— Tu m'étonnes ! grommela Wendy.

— Moi, je les trouve fabuleux ! s'extasia Phoebe. La typo et les couleurs sont très années soixante-dix ! Bravo, Wendy, tu as fait des merveilles avec ton ordinateur !

Elles finirent d'accrocher leurs affiches dans le hall central, puis elles se dirigèrent vers un couloir latéral.

— Oh, non! s'exclama Ashley.

Les murs étaient déjà tapissés d'affiches... très, très différentes des leurs.

Ashley se précipita vers la première. On y voyait un garçon portant un pull orné d'un grand H. Il gisait sur le sol, une paire de skis cassés près de lui. Une fille, vêtue d'un pull sur lequel étaient inscrites les lettres CB, avait un pied posé sur la poitrine du perdant. Elle agitait ses bâtons en l'air et arborait un air conquérant.

L'affiche proclamait :

LUTTE À MORT
ENTRE
LE CHÊNE BLANC ET HARRINGTON
VENDREDI PROCHAIN.
NE RATEZ PAS ÇA!

Les autres affiches présentaient des variations sur le même thème.

— Dana a encore frappé, soupira Ashley. Je n'aurais jamais dû lui envoyer de mail!

Elle et ses copines se sont dépêchées de nous devancer !

— Ces affiches sont affreuses ! s'exclama Phoebe. Les couleurs sont atroces et je préfère ne pas parler de la typo !

— Le plus grave, c'est le message qu'elles transmettent, déclara Wendy.

Ashley décida d'agir.

— Allons parler à Dana !

Elle partit au pas de charge, suivie de ses amies. Mais au moment où elle revenait dans le hall, elle s'immobilisa, pétrifiée.

— Oh, non !

Toutes leurs affiches avaient disparu et avaient été remplacées par celles de Dana !

Celle-ci s'apprêtait à quitter le hall avec Summer et Kristin, un carton rempli de posters roulés sous le bras.

— Dana ! Attends !

Dana et ses amies accélérèrent le pas et disparurent au coin.

Ashley se précipita à leur suite, tourna à son tour dans le couloir et percuta... Mme Prichard.

— Voyons, Ashley, que vous arrive-t-il ? Vous savez qu'il est interdit de courir dans les couloirs !

Ashley glissa un regard vers Wendy et Phoebe qui s'étaient arrêtées net, elles aussi, piteuses.

— Je suis désolée, madame Prichard. Nous voulions rattraper Dana pour lui parler de toute urgence...

— Cela pourra attendre. Je viens d'apprendre une nouvelle très inquiétante.

Ashley s'aperçut qu'elle avait en effet l'air très préoccupée.

— Vous connaissez sans doute Gomez la chèvre...

— Gomez la chèvre ? répéta Wendy sans comprendre.

— La mascotte de Harrington.

— Je croyais que leur mascotte était un ra... euh... un bélier.

— En effet. Mais comme ils n'en ont pas trouvé, ils ont pris une chèvre. Enfin, peu importe, le problème n'est pas là. Figurez-vous que je viens de recevoir un coup de fil du directeur de Harrington. Gomez a disparu !

— Quoi ! s'écria Ashley.

— Et ce n'est pas tout. On aurait vu rôder un groupe de filles autour des bâtiments des garçons... Sans doute des élèves du Chêne blanc, ajouta-t-elle en jetant un regard lourd de soupçons à Ashley, Phoebe et Wendy.

Les trois filles se dévisagèrent, effarées.

— N-nous ne savons rien sur ce bélier... euh... cette chèvre, bredouilla Ashley.

La directrice poussa un profond soupir.

— Écoutez. Je comprends que vous aimiez vous amuser. Moi-même, quand j'avais votre âge... Seulement la plaisanterie a des limites. Le directeur de Harrington m'a dit que si l'on ne retrouvait pas Gomez, la fête de l'Hiver serait annulée !

9

Mary-Kate ne pouvait plus marcher.

Elle traversa le hall de Porter House en titubant. Elle avait les jambes en compote, ou plutôt en porridge. En porridge trop cuit.

« Voilà ce qui arrive quand on veut jouer à la guerrière », songea-t-elle.

Elle venait de passer trois heures à s'entraîner pour les quatre compétitions.

La bonne nouvelle, c'était que son niveau s'améliorait de jour en jour. Elle avait l'impression d'être presque à la hauteur.

La mauvaise nouvelle, c'était qu'elle tombait de sommeil. Elle se sentait capable de dormir deux semaines d'affilée, au moins !

Elle poussa la porte de sa chambre, s'imaginant déjà dans son pyjama en flanelle, chaudement blottie au fond de son lit douillet et rêvant qu'elle remportait une victoire totale sur Harrington.

Elle posa son sac à dos.

— Bêêê…

Elle sursauta.

— Euh… c'est toi, Campbell ? Tu as pris froid ou quoi ?

— Bêêêê…

Elle tourna la tête. D'où venait cette drôle de voix ? Elle n'avait rien d'humain !

C'est alors qu'elle découvrit, debout sur son bureau, une chèvre qui dévorait son classeur d'histoire !

Mary-Kate réprima un cri.

« Peut-être que j'hallucine, songea-t-elle. Je travaille trop. Je ferais mieux d'aller me faire examiner à l'infirmerie. »

— Bêêê !

Mary-Kate ferma les yeux, les rouvrit. Non, elle ne rêvait pas. Une petite chèvre noire avec des taches blanches se tenait devant elle. L'animal avait des yeux étranges : ronds, jaunes et deux fentes noires horizontales en guise de pupilles.

Somme toute, Mary-Kate la trouvait très mignonne.

La chèvre la considéra puis se remit tranquillement à manger ses feuilles.

— Hé ! Arrête ! Lâche ça !

Elle tira d'un côté, la chèvre de l'autre, et le paquet de feuilles se déchira en deux. Mary-Kate vit avec horreur la chèvre engloutir l'autre moitié.

Elle agita un doigt menaçant.

— Alors là, tu vas avoir de gros ennuis, ma vieille ! Tu viens d'avaler la moitié de la guerre des Deux-Roses !

— C'est donc vous, la voleuse de chèvre !

Mary-Kate pivota d'un coup. Mme Prichard, debout sur le seuil, la fusillait du regard.

— La voleuse de chèvre ? répéta Mary-Kate, abasourdie. Je n'y suis pour rien. Je viens juste d'arriver !

— Inutile de jouer les innocentes. Vous me décevez beaucoup et je suis bien décidée à faire un exemple. C'est la seule manière de mettre fin, une bonne fois pour toutes, à ces plaisanteries stupides.

Mary-Kate comprenait de moins en moins.

— Faire un exemple ? Mais de quoi parlez-vous, madame Prichard ?

— Je me vois au regret de vous interdire de participer à la fête de l'Hiver.

— Qu-quoi ?

Rien de pire n'aurait pu lui arriver !

10

Ashley, assise en tailleur sur son lit, finissait de préparer le cadeau qu'elle voulait offrir à Mary-Kate pour la consoler.

Elle déposa, dans un joli panier tapissé d'une serviette à carreaux, le dernier numéro de *Sports Mag*, six canettes de milk-shake aux protéines, un flacon de lotion pour le corps parfumée à la fraise et des cookies aux noix de macadamia qu'elle avait faits elle-même. Enfin, elle noua un ruban rouge autour de l'anse.

Elle se leva en soupirant. Pauvre Mary-Kate! Il était évident que la personne qui avait mis Gomez dans sa chambre cherchait à la faire accuser.

Mais qui? Là était la question.

Cinq jours s'étaient écoulés depuis que Mme Prichard l'avait punie. Depuis cinq longues, longues journées, Ashley cherchait désespérément le coupable afin d'innocenter sa sœur.

Hélas, même si elle le trouvait maintenant, ce serait trop tard pour que Mary-Kate participe à la fête de l'Hiver car elle avait lieu dans quatre jours. Mary-Kate n'aurait plus le temps de s'entraîner.

Ashley s'arrêta devant la chambre de sa sœur et frappa à la porte.

— Entrez!

Elle ouvrit et avança à l'intérieur de la pièce. Personne!

— Mary-Kate? Où es-tu?

— Là, par terre!

Ashley baissa les yeux et vit sa sœur, allongée sur le dos, qui levait et baissait les bras, tenant d'une main son manuel d'histoire et de l'autre son livre de littérature.

— À quoi tu joues?

— Je me muscle. Ces livres sont géniaux! Ils pèsent deux kilos chacun, le poids idéal!

— Pourquoi fais-tu ça ?

— Ce n'est pas parce que je suis privée d'entraînement que je dois me laisser aller. Si jamais tu trouves le voleur avant vendredi, je tiens à être prête pour les compétitions. Tu as une piste ?

Ashley hésita. Elle aurait tant aimé lui annoncer de bonnes nouvelles.

— Non, hélas. Dana est toujours ma suspecte numéro un.

— Mais elle n'a pas avoué ?

— Elle ne pense qu'à sa campagne contre Harrington. Pourtant, ce serait bien son genre de faire d'une chèvre… euh… d'une pierre deux coups.

— Comment ça ?

— Eh bien, en volant Gomez, elle se venge de Harrington. Et en te faisant accuser, elle se venge de nous. Figure-toi que si Mme Prichard est montée dans ta chambre l'autre jour, c'est parce qu'elle avait reçu un coup de fil anonyme la prévenant qu'elle y trouverait Gomez.

— C'est injuste ! Je n'ai rien à voir dans cette histoire d'enlèvement de chèvre !

Ashley prit sa sœur dans ses bras et la serra très, très fort.

— Je sais. Ne t'inquiète pas, on va te sortir de là !

Mary-Kate hocha la tête.

Ashley savait ce qu'elle ressentait. Elle aussi, cette histoire la rongeait, mais il ne fallait pas craquer. Elle devait s'accrocher, démasquer le voleur, et faire en sorte que Mary-Kate participe à la compétition !

Ashley posa le panier près d'elle. Aussitôt, le visage de Mary-Kate s'éclaira.

— Qu'est-ce que c'est ?

— Un petit cadeau pour te remonter le moral.

Mary-Kate examina le contenu du panier.

— Le dernier numéro de *Sports Mag* ! Et des milk-shakes aux protéines ! Et… oh, chouette ! Tes délicieux cookies aux noix de macadamia !

Mary-Kate, émue, tendit les bras à sa sœur et la pressa contre elle.

— Merci, Ashley.

— Hé, à quoi ça servirait, sinon, d'avoir une sœur jumelle ?

Mary-Kate renifla, puis elle prit un gâteau, le coupa en deux et tendit une moitié à Ashley.

— Et toi, où en es-tu?

— Bof! Les bêtises habituelles. La manifestation des supporters devrait avoir lieu jeudi et les bonnets sont prêts. On a trouvé un lot en solde au centre commercial. Avec Phoebe et Wendy, on a passé le week-end à coller les écureuils dessus. Ils sont très sympa!

— Dana vous a aidées?

— Non, elle voulait mettre sur les bonnets une espèce de dessin guerrier. Heureusement, notre écureuil l'a emporté à l'unanimité.

— Ouf!

Ashley prit un autre biscuit.

— Et puis la vente de gâteaux est pour demain. On a travaillé comme des malades ce matin. J'espère qu'on récoltera beaucoup d'argent.

— S'ils sont aussi bons que ceux-là, vous allez faire fortune! Oh, je me sens complètement larguée, avec tout ce qui se passe en ce moment : la vente de gâteaux, le défilé, les autres qui se préparent...

Mary-Kate semblait si triste qu'Ashley se pencha pour la prendre encore dans ses bras. C'est alors qu'elle aperçut par terre une boulette de papier. Elle la ramassa.

— Qu'est-ce que c'est ?

Mary-Kate haussa les épaules.

— Aucune idée.

Ashley la déplia. C'était une feuille arrachée à un carnet avec une bordure ornée d'étoiles noires, d'astéroïdes et de vaisseaux spatiaux. Au milieu du papier était écrit au feutre magique violet : PORTER 12.

Qu'est-ce que cela voulait dire ? Était-ce un code ?

Ashley tendit le papier à Mary-Kate.

— C'est toi qui as écrit ça ?

Mary-Kate l'examina, les sourcils froncés.

— Non. Je n'ai jamais vu ce papier.

— Porter 12, Porter 12, marmonna Ashley.

Et soudain, elle eut une illumination !

— Porter 12 ! Mary-Kate, c'est le numéro de ta chambre !

— Et alors ?

— Aucun doute, c'est celui qui voulait trouver ta chambre pour y mettre la chèvre qui a écrit ça !

— On tient le voleur ! hurla Mary-Kate en attrapant sa sœur par les épaules.

— Arrête ! Tu me fais mal ! Et ça ne nous dit pas qui c'est !

Mais les petits rouages du cerveau d'Ashley tournaient déjà à toute vitesse. Un plan se dessinait dans son esprit et, s'il fonctionnait, Mary-Kate serait disculpée dès le lendemain.

Juste à temps pour la fête de l'Hiver.

11

— Mary-Kate Burke? Pouvez-vous nous dire quelle était la couleur de la rose qui représentait la maison de Lancastre dans sa lutte contre la maison d'York?

Mary-Kate sursauta. M. Yoshida la dévisageait, la mine sévère, les bras croisés sur sa poitrine.

— J'attends, mademoiselle Burke.

Mary-Kate fouilla avec frénésie dans ses notes. Le problème, c'est qu'elle n'avait plus qu'une moitié des pages, l'autre se trouvait dans l'estomac de Gomez!

— La couleur? Violet? Bleu? Vert fluo?

— Mademoiselle Burke, pourriez-vous m'expliquer ce qui est arrivé à votre classeur?

Mary-Kate rougit.

— Euh... une chèvre l'a mangé.

La classe entière éclata de rire.

M. Yoshida fronça les sourcils.

— Une chèvre? Très original! Quoi qu'il en soit, la prochaine fois, je vous serais reconnaissant de bien vouloir étudier votre leçon avant de venir en cours. Quelqu'un connaît la réponse?

Hans leva la main.

— Leur rose était rouge.

— Très bien, monsieur Jensen. Je vois qu'aucune chèvre n'a mangé vos notes.

Quelques ricanements accueillirent cette remarque. Mary-Kate jeta un regard assassin à Hans, qui lui répondit par un petit sourire méprisant.

« Attends que ma sœur coince le voleur et tu verras! » pensa-t-elle. Ashley lui avait expliqué son plan. Elles devaient découvrir qui possédait un carnet orné d'astéroïdes, à la fin de l'heure, juste avant que les élèves rangent leurs affaires.

Mary-Kate ne put se concentrer de tout le cours. Dès qu'il fut terminé, elle se précipita vers Dana, sa première suspecte.

Celle-ci la toisa d'un œil glacial.

— Oui ? Que puis-je faire pour toi ?

Mary-Kate vit qu'elle avait déjà refermé ses cahiers.

— Tu pourrais me passer une feuille ?

— Tu n'as plus de carnet ? Gomez l'a mangé, lui aussi ?

— Très drôle ! En fait, j'ai pris beaucoup de notes et il ne me reste plus une seule feuille blanche.

Dana soupira, ouvrit son bloc et arracha une page.

— Tiens.

La feuille était bordée de papillons exotiques. Rien qui ressemble à des étoiles noires, des astéroïdes ou des vaisseaux spatiaux !

Cela signifiait-il que Dana n'avait joué aucun rôle dans le vol de Gomez ?

Mary-Kate aperçut alors Ashley qui l'appelait avec de grands gestes. Elle se tenait juste derrière Arthur Nunzio et son frère. Les deux affreux jumeaux rangeaient leurs affaires sans se douter de rien.

Ashley tendit le doigt vers le bureau d'Arthur quand Mary-Kate la rejoignit. Son bloc-notes était ouvert à la première page, et celle-ci était bordée d'étoiles noires, d'astéroïdes et de vaisseaux spatiaux ! Au même moment, son frère Andrew sortit un feutre magique violet de son sac à dos !

— Vous êtes démasqués ! hurla Mary-Kate. C'est vous qui avez volé la chèvre !

Tout le monde dans la classe se tut. M. Yoshida s'approcha.

— Que se passe-t-il, ici ?

Arthur et Andrew étaient écarlates.

— Euh... nous... euh... nous ne savons p-pas de quoi elles p-parlent, bafouilla Arthur.

— On est innocents ! protesta Andrew.

Il se tourna vers Mary-Kate et Ashley, fou furieux.

— C'est honteux d'accuser les gens comme ça!

Mary-Kate plongea la main dans sa poche et en sortit un morceau de papier qu'elle tendit au professeur.

— Nous avons trouvé ça dans ma chambre. La personne qui a amené Gomez la chèvre l'a laissé tomber. Le papier correspond au bloc-notes d'Arthur et le feutre à celui d'Andrew.

Le teint des jumeaux devint plus cramoisi que jamais. Ils fixaient le morceau de papier, bouche bée.

— Qu'avez-vous à dire pour votre défense? s'enquit M. Yoshida.

— C'est pas moi qui ai eu cette idée, gémit Arthur. C'est lui!

— Pas du tout! protesta son frère. C'est toi qui as dit que Mary-Kate représentait une menace pour Harrington et qu'il fallait l'éliminer!

— Mais c'est toi qui as eu l'idée de mettre Gomez dans sa chambre! rétorqua Arthur.

Mary-Kate s'adressa au professeur.

— Maintenant que nous savons qui a volé la chèvre, pourriez-vous leur demander si ce sont eux qui ont pris notre trophée et mis des glands sur les pizzas ?

Les deux jumeaux se dévisagèrent, effarés.

M. Yoshida secoua la tête.

— Je crois que nous avons beaucoup de questions à leur poser. Je préfère les conduire au bureau du directeur. Allons-y sans perdre une minute !

— Oui, monsieur, marmonnèrent les jumeaux en le suivant.

— On a réussi, Mary-Kate ! jubila Ashley dès qu'ils furent partis.

Mary-Kate la serra dans ses bras.

— C'est grâce à toi, Ashley ! Ton plan était génial !

Leurs amies se précipitèrent vers elles.

— Bravo, Mary-Kate ! la félicita Campbell en lui tapant dans le dos.

Mary-Kate avait envie de hurler de joie. Elle était libre ! Elle pouvait de nouveau participer à la fête de l'Hiver ! Elle était…

… complètement larguée !

— Campbell, murmura-t-elle, je ne sais pas si je suis encore capable de participer à la fête de l'Hiver. Ça fait une semaine que je ne me suis pas entraînée et les compétitions commencent dans trois jours ! Comment veux-tu que je…

— Mary-Kate ?

Elle se retourna. C'était Lexy Martin.

— Euh… je suis désolée. Nous t'avons remplacée dans la descente. Alors nous n'avons plus besoin de toi.

— Oh ! lâcha Mary-Kate, un peu déconcertée.

Fiona Ferris s'approcha à son tour.

— Pareil pour le snowboard. On ne savait pas que tu reviendrais. Je suis navrée…

— Oh !

Mary-Kate avisa Lisa Dunmead qui venait dans sa direction.

— Je sais. Je ne fais plus partie de l'équipe de patinage, c'est ça ?

— Comment as-tu deviné ?

— Un pressentiment.

Mary-Kate haussa les épaules, à la fois déçue et soulagée. Quatre compétitions, c'était de toute façon beaucoup trop lourd à assumer.

Campbell s'approcha d'elle avec un grand sourire.

— Mary-Kate, l'équipe de ski de fond compte toujours sur toi !

— Sérieux ? Vous ne m'avez pas remplacée ?

Campbell secoua la tête.

— Amy Martinez nous a dépannées, mais elle sera ravie de te rendre ta place.

Mary-Kate réfléchit.

Pourrait-elle, en seulement trois jours, retrouver une forme suffisante et conduire son équipe à la victoire ?

Oui, elle s'en sentait capable !

12

Le matin de la fête de l'Hiver était arrivé. Ashley mettait la touche finale à sa statue de mannequin pour le concours de sculpture sur neige. Elle recula afin de contempler son œuvre. Le visage était un peu épais, mais on voyait quand même que c'était une fille.

Une grande effervescence régnait sur le campus. Élèves et professeurs du Chêne blanc et de Harrington couraient dans tous les sens.

Tout allait pour le mieux. Les jumelles avaient démasqué les véritables voleurs, la parade avait été un succès, la vente de gâteaux aussi. Elles avaient récolté beaucoup d'argent pour les bonnets.

Ashley fronça les sourcils. À propos de bonnets, où était donc passée Phoebe ? Elle aurait dû les apporter depuis longtemps.

Justement, celle-ci accourait.

— Ashley ! Au secours ! s'écria-t-elle hors d'haleine.

— Que se passe-t-il ?

— On nous a volé nos bonnets !

— Quoi ?

— Je les avais rangés dans le placard près de la classe de Mlle Bloomberg et ils n'y sont plus. Ça fait une heure qu'on les cherche partout ! Ils se sont volatilisés !

Ashley réfléchit.

— Les garçons ! Oui, c'est encore un coup de Harrington !

— Mais les jumeaux ont été pris et c'étaient bien eux, les responsables de tous nos malheurs.

Ashley secoua la tête.

— Oui. N'empêche que Dana et Kristin ont reconnu que c'étaient elles qui avaient peint le rat sur le panneau de Harrington.

— Tu ne crois quand même pas qu'elles auraient volé nos bonnets, dis donc ?

— Hou hou, Lexy ! Hou hou, Lisa !
Venez chercher votre bonnet pour la fête
de l'Hiver !

Ashley pivota en entendant la voix de
Dana ! Elle reconnut aussitôt les cartons
que tenait son ennemie, aidée de ses deux
acolytes. Elle se rua sur les filles.

— Qu'est-ce que tu fais avec nos bonnets, Dana ?

— J'ai décidé de leur apporter ma petite
touche personnelle, répondit celle-ci d'une
voix suave.

— Quoi ? cria Phoebe.

Ashley plongea la main dans un carton et
en sortit un bonnet qu'elle examina avec
attention. Elle poussa un soupir de soulagement en reconnaissant le dessin de leur
écureuil. Sauf… sauf qu'en plus de ses cache-
oreilles, de son écharpe et de ses patins, il
portait… une épée ! Oui, il brandissait une
épée comme s'il partait au combat !

Ashley, paniquée, dévisagea Phoebe. Elle
allait sûrement craquer ! Stupéfaite, elle vit
alors Phoebe se tourner vers Dana avec un
grand sourire.

83

— Je trouve ça un peu gonflé, mais ça me plaît! C'est un compromis intelligent entre la mascotte du Chêne blanc et ton idée de combativité! Une sorte de version dessin animé de la guerre de Troie, revue par une école de la Nouvelle-Angleterre!

— Merci, Phoebe, dit Dana.

— Ils sont géniaux! renchérit Lexy qui venait d'en enfiler un.

Lisa en essaya un, elle aussi.

— Ouais! Bravo au comité Esprit d'équipe!

Ashley soupira. Elle devait reconnaître que ces bonnets étaient une réussite.

— Oui, ils sont magnifiques. Mais pourquoi tu ne nous as pas demandé notre avis, Dana...

Elle fut coupée par une annonce aux haut-parleurs.

« LES COMPÉTITIONS SPORTIVES VONT COMMENCER. VOUS ÊTES TOUS PRIÉS DE VOUS RENDRE À LA PORTE PRINCIPALE POUR LA CÉRÉMONIE D'OUVERTURE! »

Ashley attrapa Phoebe par le bras.

— Viens, allons voir Mary-Kate!

13

Mary-Kate, Campbell et leurs deux coéquipières du relais de ski de fond étaient réunies sur la ligne de départ.

Campbell leur donnait ses dernières instructions.

Les épreuves de descente, de snowboard et de patinage avaient déjà eu lieu. Harrington avait gagné la descente, le Chêne blanc le patinage, et ils avaient fini à égalité pour le snowboard.

Ce serait donc l'épreuve de ski de fond qui les départagerait.

— On va écraser Harrington ! rugit Campbell.

— Oui, on les aura ! s'écria Mary-Kate en agitant le poing, malgré les horribles doutes qui la rongeaient.

Les quatre coéquipières se tapèrent dans la main, puis se séparèrent afin de rejoindre leurs places sur le circuit. Mary-Kate se dirigea vers les bois. Elle vit Ashley lui faire de grands gestes d'encouragement et lui répondit en essayant de cacher sa nervosité.

Elle s'arrêta à son poste. Quelques secondes plus tard, elle entendit le coup de feu du départ et les cris des spectateurs.

Dans vingt minutes, les trois autres filles auraient terminé leur étape et ce serait à elle de jouer ! Pour s'échauffer, elle se mit à skier en rond, puis elle fit des étirements en respirant profondément afin de chasser son trac. Elle se répétait : « J'y arriverai. J'y arriverai. J'y arriverai. »

Elle eut l'impression que le temps avait passé à une vitesse folle quand elle vit surgir Campbell, penchée en avant sur ses skis.

— Mary-Kate ! Vas-y ! À toi ! hurla celle-ci en lui tapant dans la main.

Mary-Kate planta ses bâtons dans la neige épaisse et s'élança. Son trac s'envola. Elle se concentra sur la piste et sur ses mouvements. Ses skis glissaient dans un doux chuintement.

Elle avait peine à croire qu'elle ne connaissait encore rien à ce sport à peine deux semaines auparavant. Il lui semblait avoir fait du ski de fond toute sa vie.

Elle fonçait à une vitesse incroyable dans un nuage de poudreuse. Elle accélérait de plus en plus, sans se soucier des protestations de ses muscles.

La ligne d'arrivée se dessina au loin. Il y avait un monde fou. Elle aperçut Ashley, Phoebe, Wendy et Campbell qui criaient à tue-tête en sautant d'excitation. Elle vit aussi Hans Jensen au milieu d'un groupe de garçons de Harrington. Il n'arrêtait pas de regarder sa montre.

Mary-Kate ne connaissait pas le temps réalisé par Harrington, mais, à voir l'attitude de Hans, l'écart devait être faible entre les deux équipes.

Elle n'avait plus de force dans les muscles et plus d'air dans les poumons. Pourtant, elle réussit à accélérer encore. Elle parcourut les cinquante derniers mètres dans un état second et franchit enfin la ligne d'arrivée.

— Le temps officiel est de vingt-huit minutes et dix secondes! annonça l'une des juges après avoir consulté son chrono. Le Chêne blanc l'emporte de dix secondes sur Harrington! Et c'est donc le Chêne blanc qui gagne le trophée de la fête de l'Hiver!

Toutes les filles se mirent à hurler. Campbell se jeta sur Mary-Kate pour la serrer dans ses bras. Ashley se rua sur elles et les embrassa toutes les deux.

— Bravo, Mary-Kate! hurla Campbell.

— Chapeau, sœurette! Nous sommes fières de toi.

Du coin de l'œil, Mary-Kate vit Hans Jensen s'approcher d'elle. Que devait-elle lui dire? « Ha ha, je t'ai bien eu »?

Mais elle n'eut pas le temps d'ouvrir la bouche car déjà il lui serrait la main.

— Félicitations! Tu as vraiment bien skié!

Mary-Kate était estomaquée.

— Euh… merci. Tu as bien skié, toi aussi.

— Oui, et je te battrai l'an prochain !

Mary-Kate éclata de rire.

— Dans tes rêves !

Ashley la tira par le bras.

— Viens, Mary-Kate. Il faut aller à la cérémonie de remise des prix. C'est l'heure du trophée !

— Et ensuite on aura droit à une grande soirée pizza dans le réfectoire pour fêter ça, ajouta Campbell.

Mary-Kate lui décocha un petit sourire en coin.

— De la pizza… avec ou sans glands ?

LE ROSEAU
La voix du Chêne blanc depuis 1905

Un art qui ne nous laisse pas de glace
Par Phoebe Cahill

Nous n'avons pas eu que du sport, à la fête de l'Hiver. Nous avons aussi eu beaucoup de neige. Et pas moins de vingt artistes sont venus travailler la poudreuse pour notre concours de sculpture. La lutte a été chaude !

La première place a été remportée par John McCall, élève de cinquième à Harrington, avec son impressionnante statue de la Liberté. Fiona Ferris est arrivée en deuxième position avec sa statue en taille réelle de Mme Prichard tenant un bol de porridge. Enfin, la troisième place est revenue à Ashley Burke pour son mannequin habillé de neige à la dernière mode : pantacourt, débardeur et chaussures à talons compensés. (Et les lunettes de soleil, Ashley ?)

Parlons chiffons
Par Ashley et Phoebe

Vous rêvez de changer de look, mais votre porte-monnaie, comme la température, est passé en dessous de zéro ? Pas de souci, voici quelques petits trucs pour vous mettre en valeur sans vous ruiner.

Le pouvoir d'un basique

Achetez un article que vous pourrez porter avec beaucoup de choses, comme un pull à torsades noir, un superbe jean ou des bottes sympa. Un nouveau classique suffira à renouveler toute votre garde-robe.

Ce dont l'une ne veut plus peut faire le bonheur de l'autre

Pourquoi ne pas faire du troc avec une amie ou votre camarade de chambre ? Elle adore peut-être votre vieux pull mauve en cachemire, alors que vous rêvez de la petite robe noire qu'elle a mise un million de fois. C'est si agréable d'échanger !

Découvrez les fripes !

Les magasins de fripes, les braderies, les marchés aux puces, autant d'occasions fabuleuses de dénicher des vêtements et des accessoires sympa et à bon marché. Quelques exemples de nos dernières trouvailles : un pantalon pattes d'éléphant de 1970 avec le symbole de la paix pour cinquante cents ; une veste rose vif en fausse fourrure pour cinq dollars.

Jouez les accessoires

Ils peuvent réveiller une tenue terne sans que vous ayez à débourser un sou. Affirmez-vous donc avec un chapeau, un foulard, une ceinture. Et dans les cheveux, pensez aux barrettes, pinces et autres chouchous !

Chaude lutte sur la glace !
Par Mary-Kate Burke

Pour la première fois, le Chêne blanc et Harrington se sont affrontés en patinage artistique.

Sarah Cooper, qui a présenté son numéro sur une version disco de Winter Wonderland, chanté par des écureuils, a époustouflé les spectateurs avec son double axel. Et malgré la stupéfiante pirouette de Hans Jensen, Harrington n'a pu rivaliser avec sa brillante prestation.

Nous avons frôlé l'accident quand un chien errant a surgi tandis que Lisa Dunmead exécutait une toupie. Lisa a heurté Bob, le gardien, qui tentait de chasser l'animal. Grâce à son sang-froid, elle a réussi à ne pas tomber et a pu terminer son numéro comme une pro. Quant au chien, il a eu la chance de trouver un nouveau foyer chez Bob !

Finalement, après bien des émotions, c'est le Chêne blanc qui a gagné.

Vu le succès de cette première compétition, le patinage de vitesse sera peut-être ajouté à la fête de l'Hiver de l'an prochain. Alors, les filles, nous avons intérêt à travailler nos quadriceps dès maintenant !

Mlle Terraterre

Chère Mlle Terraterre,
Au secours ! J'ai le béguin pour deux garçons de Harrington et je ne sais pas lequel inviter à la soirée de Sadie Hawkins, le mois prochain. Le premier, HJ, est très mignon. Hélas, chaque fois que nous nous voyons, il n'arrête pas de parler de LUI. L'autre, SW, ressemble à Bart Simpson, en mal coiffé… Mais il a un super sens de l'humour et il est adorable. Que dois-je faire ?

Déchirée

Chère Déchirée,
C'est simple. Veux-tu passer la soirée à regarder HJ se contempler dans la glace ? Ou préfères-tu la passer à regarder SW te contempler ? À moins que tu ne veuilles monter le fan-club de M. Beaugosse, je ne te donnerai qu'un conseil : invite SW ! Si le courant passe entre vous, tu pourras toujours lui acheter du gel à la Saint-Valentin !

Mlle Terraterre

Chère Mlle Terraterre
Pour mon anniversaire, j'aimerais faire une fête. Le problème, c'est que mes deux meilleures amies se détestent cordialement. Je voudrais les inviter ensemble, mais j'ai peur qu'elles ne s'étripent. Que dois-je faire ?

Prise entre deux feux

Chère Prise entre deux feux,
Il faut rappeler à tes deux amies que c'est ton anniversaire ! En ce grand jour, tout le monde ne doit penser qu'à te faire plaisir. Alors, quand tu enverras tes invitations, demande-leur de laisser leurs rancunes personnelles au vestiaire. Si elles s'en montrent incapables, un bon conseil, cherche-toi d'autres amies !

Mlle Terraterre

Les potins des cinquièmes
Par Dana Woletsky

Nous voilà coincées à l'intérieur. Qui voudrait abîmer ses nouvelles bottes en daim dans la neige ? Mais cette hibernation forcée ne présente pas que des

93

inconvénients. Cela permet parfois de surprendre des rumeurs intéressantes, dans les couloirs, au salon ou à la cabine téléphonique…

Par exemple : qui chipe les chaussettes violettes à la laverie de Phipps ? Une mystérieuse voleuse rôde dans nos couloirs. Son dada, vous l'avez compris, ce sont les chaussettes violettes, qu'elle subtilise au dernier essorage. À l'heure où nous imprimons, trois élèves de cinquième de Phipps en ont été victimes. Cette étrange énigme sera-t-elle un jour résolue ?

Entre nous, croyez-vous réellement que Gomez la chèvre a été placée dans la chambre d'une certaine pensionnaire de Porter, dont les initiales sont MKB, pour la compromettre ? Aurait-on accusé à tort les jumeaux de Harrington ? Le bruit court que MKB se serait entichée de la pauvre bête et aurait voulu la garder ! Si elle tenait tant à violer le règlement qui interdit les animaux au Chêne blanc, elle aurait pu prendre une bestiole plus discrète, un hamster, par exemple.

Bonne nouvelle ! Notre vente de gâteaux lors de la fête de l'Hiver a obtenu un tel succès que nous avons gagné assez d'argent pour payer les impayables bonnets que j'ai dessinés ! Mille mercis à Esprit d'équipe, le comité que j'ai eu l'honneur de présider, pour l'organisation de cette vente !

Voilà, c'est tout pour aujourd'hui. Et n'oubliez pas : faites preuve d'Esprit d'équipe en envoyant vos commérages à Miss Patatipatata, au *Roseau*.

Calendrier mondain

Vous avez le blues de janvier ? Sachez que le 24, Porter House se transformera en Porto Rico, le temps de notre soirée tropicale annuelle. Venez en maillot de bain, short, débardeur ou paréo. Le thermostat sera au maximum et le punch à l'ananas coulera à flots !

Chouette, nous n'aurons pas cours le jour des Présidents ! Et nous leur rendrons honneur par une bonne… grasse matinée !

Avis à nos Picasso en herbe ! Inscrivez-vous sans faute à notre exposition annuelle des élèves. Peintures, photographies, sculptures en porridge, peu importe… c'est vous l'artiste !

Les garçons au fourneau ! Le 4 avril, Harrington tiendra son concours annuel de pizza. Il y aura trois catégories : la meilleure, la plus inattendue et la plus indigeste. Venez la faim au ventre et l'Alka-Seltzer dans la poche !

Les beaux jours approchent ! La boum du printemps aura lieu le 18 avril. À nous la musique cool et les beaux garçons. Avec, en prime, un excellent motif pour s'acheter une petite robe printanière. Que demander de plus ?

Horoscope d'hiver

Verseau
(21 janvier-19 février)

Les verseaux sont de grands visionnaires et nous inondent de leurs idées géniales. Mais tu as bien le temps de résoudre le problème du réchauffement de la planète ou de trouver un médicament contre le cancer. Profite donc de ta jeunesse. Continue à lire, à t'instruire, déguste de la pizza et sors avec tes amies. Et surtout, n'oublie pas de te faire des masques à l'avocat !

Poissons
(20 février-21 mars)

Dis donc, le poisson ! Arrête de culpabiliser dès que tu cesses d'aider les autres. Tu es toujours là quand ta meilleure amie a des peines de cœur ou quand ta camarade de chambre a besoin de réviser un contrôle d'histoire. Mais il faut aussi penser à toi : relis ton livre préféré, promène-toi ou fais du shopping.

Bélier
(21 mars-21 avril)

Les filles Bélier sont toujours en tête du troupeau. Tu es énergique, dynamique, et efficace. Le problème, c'est que tu as tendance à commander ! Et à vouloir imposer tes idées. La prochaine fois que tu seras responsable d'un projet, essaie de rester en retrait et de laisser tes camarades s'exprimer. C'est beaucoup plus facile d'entraîner les autres à sa suite quand on leur montre que l'on tient compte de leur avis !

Imprimé en France

 POCKET *jeunesse*   12, avenue d'Italie • 75627 PARIS Cedex 13

Tél. : 01.44.16.05.00